Y2 40346

Limoges
1874

Grimm, Jacob & Wilhelm

Les heureuses chances de Jeannot

**Symbole applicable
pour tout, ou partie
des documents microfilmés**

Original illisible

NF Z 43-120-10

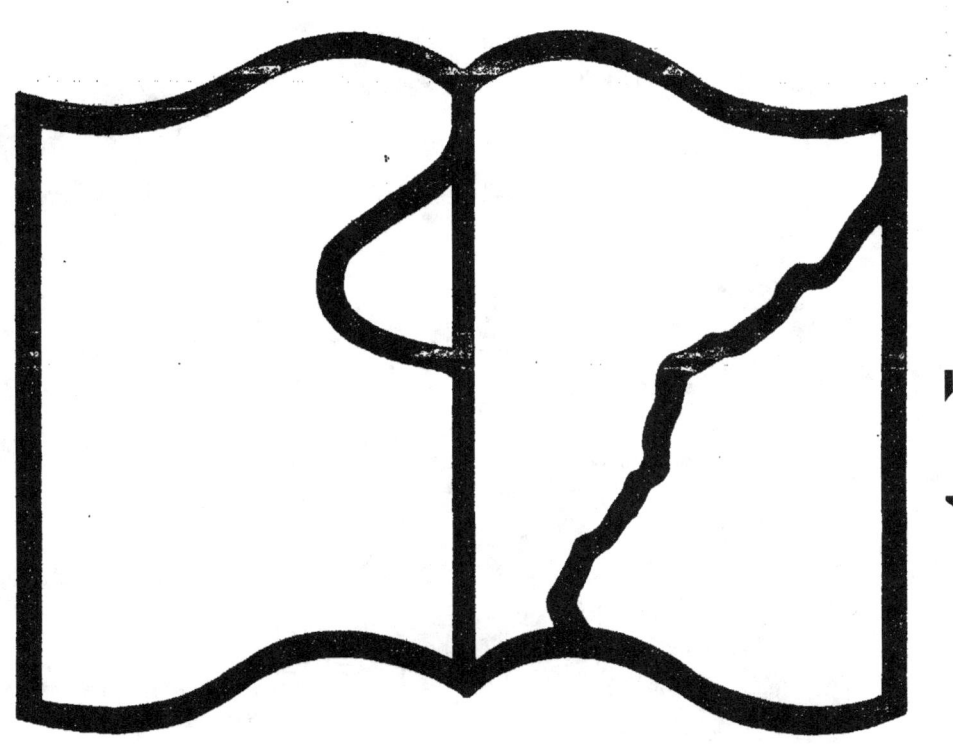

**Symbole applicable
pour tout, ou partie
des documents microfilmés**

Texte détérioré — reliure défectueuse

NF Z 43-120-11

INVENTAIRE

Y² 40,346

Y²

γ^2

Il le posa ensuite sur ses épaules, et se mit en route pour
retourner chez lui. (P. 10.)

LES

HEUREUSES CHANCES

DE JEANNOT

TRADUIT DE L'ALLEMAND

DES FRÈRES GRIMM.

LIMOGES

EUGÈNE ARDANT ET Cie, ÉDITEURS.

Qu'il est lourd! je ne puis plus relever la tête, tant il m'a pesé sur les épaules. (P. 14.)

LES

HEUREUSES CHANCES

DE JEANNOT.

———

Jeannot, après avoir servi son maître pendant sept ans, lui dit un jour :

— Maître, le temps de mon engagement est expiré, et je désire retourner dans mon village, auprès de ma mère ; veuillez bien me payer le montant de mes gages.

Le maître lui répondit :

— Tu as été pour moi un bon et loyal serviteur, et je veux t'en récompenser.

Et il lui donna un lingot d'argent qui était fort gros ; ce lingot pesait quinze livres, et valait par conséquent quinze cents francs.

Jeannot tira un mouchoir de sa poche et en enveloppa le lingot ; il le posa ensuite sur ses épaules, et se mit en route pour retourner chez lui.

Le cavalier prit l'argent, aida Jeannot à monter sur la bête. (P. 17.)

Comme il marchait péniblement, chargé de son lourd fardeau, il aperçut un cavalier, qui trottait sur un cheval agile.

— Ah ! s'écria Jeannot à haute voix, comme c'est une belle chose que d'aller à cheval ! On est assis comme dans une chaise, on ne se heurte point aux pierres, on épargne ses souliers, et l'on avance sans effort.

Le cavalier, qui l'avait entendu, lui dit :

— Alors, Jeannot, pourquoi vas-tu à pied ?

— Je ne puis pas faire autrement, répondit-il ; il faut que je porte ce lingot jusque chez moi. Qu'il est lourd ! qu'il est lourd ! je ne puis plus relever la tête, tant il m'a pesé sur les épaules.

— Écoute, dit le cavalier, nous pouvons faire un échange : je te donnerai mon cheval, et tu me donneras ton lingot.

— Très volontiers, répondit Jeannot, ce sera une bien heureuse chance pour moi que de faire cet échange. Mais, en conscience, je

En un instant Jeannot fut désarç onné et jeté à terre. (P. 18.)

dois vous avertir que le poids de ce lingot vous accablera.

Le cavalier, sans lui répondre, descendit de cheval, prit l'argent, aida Jeannot à monter sur la bête, lui plaça soigneusement la bride dans la main, et lui dit :

— Quand tu auras envie d'aller très vite, tu n'auras qu'à faire claquer ta langue et à répéter : *Hop! hop!*

Jeannot fut émerveillé lorsqu'il se vit à cheval, et qu'il put trotter en toute liberté. Au bout de quel-

2

que temps, il fit réflexion qu'il devrait encore aller plus vite; il commença donc à faire claquer sa langue et à crier : *Hop! hop!* Le cheval prit immédiatement une allure rapide, et en un instant Jeannot fut désarçonné et jeté à terre. Il se trouva étendu dans un fossé qui séparait la grande route des champs voisins.

Débarrassé de son cavalier, le cheval aurait bien vite disparu, s'il n'avait été arrêté par un paysan qui traversait la route en menant

Je veux bien échanger ma vache contre votre cheval. (P. 23.)

une vache à l'aide d'une corde.

Jeannot parvint à se remettre sur ses jambes; mais il était fort mécontent, et il exhala sa mauvaise humeur en disant au paysan :

— C'est une chose détestable que de voyager à cheval, surtout quand on a le malheur d'avoir entre les jambes une rosse qui vous secoue et qui vous jette par terre de manière à vous briser tous les membres. Je ne remonterai jamais sur cette maudite bête! Ah! que j'aimerais bien mieux votre vache! On peut la mener sans le moindre danger ; on a en outre, chaque jour, grâce à elle, une provision assurée de lait, de beurre et de fromage. Que ne donnerais-je pas pour avoir en ma possession un si précieux animal! Quelle heureuse chance ce serait pour moi!

— Soyez content, dit le paysan. Puisque vous avez fait une si terrible chute, je veux bien, pour vous en épargner une nouvelle, échanger ma vache contre votre cheval.

Jeannot fit marcher sa vache paisiblement à l'aide de sa
corde. (P. 25.)

Cette proposition fut acceptée avec la plus vive joie; le paysan monta sur le cheval et s'éloigna au plus vite.

Jeannot fit marcher sa vache paisiblement à l'aide de sa corde, tout en pensant à l'excellent marché qu'il venait de conclure.

— Que je parvienne seulement à me procurer un morceau de pain, se dit-il, ce qui me sera bien facile; et, pour me régaler, j'aurai en abondance du beurre et du fromage, comme je l'ai si souvent désiré. Me voilà donc à l'abri de la faim! Quant à la soif, je ne la crains pas davantage : je n'aurai qu'à traire ma vache, et son lait sera plus que suffisant pour me désaltérer.

Vers midi, la chaleur devint excessive, et Jeannot en souffrait d'autant plus qu'il marchait depuis une heure dans une vaste plaine sans abri. Il était dévoré par une soif si ardente que sa langue lui semblait sur le point de se coller à son palais.

La vache lui donna sur la tête un coup de pied. (P. 29.)

— Le mal n'est pas sans remède, se dit-il; je puis traire ma vache et boire de son lait.

Il l'attacha donc à un tronc d'arbre desséché, et comme il n'avait aucun ustensile pour mettre le lait, il songea que sa casquette de cuir pourrait lui en tenir lieu. Mais, hélas ! quelques efforts qu'il fît, il ne put obtenir une seule goutte de lait ! Il persista.... puis, comme il s'y prenait gauchement, la vache furieuse lui donna sur la tête un coup de pied si violent qu'il resta quelque temps étendu sur le sol sans connaissance.

Heureusement pour lui, un boucher, qui portait dans une brouette un petit pourceau, vint à passer sur la route et s'empressa de le secourir.

— Qui vous a joué ce mauvais tour? s'écria-t-il en aidant le pauvre patient à se relever. Jeannot lui raconta ce qui lui était arrivé. Après l'avoir attentivement écouté, le boucher lui présenta une bouteille pleine de vin et lui dit :

Le boucher retirait le pourceau de la brouette et le remettait à Jeannot. (P. 34.)

— Buvez un peu et remettez-vous. Cette vache-là ne pouvait vous donner du lait; elle est vieille et n'est plus bonne qu'à être abattue pour la boucherie.

— Ah! dit Jeannot, qui aurait cru cela? Il est assurément très bon d'avoir en sa possession un animal propre à être tué et pouvant fournir une si grande quantité de viande; mais par malheur je n'aime pas beaucoup la chair de la vache : elle n'est pas assez succulente pour moi. J'aimerais bien

3

mieux celle d'un jeune porc; on peut l'apprêter de diverses manières, et surtout en faire de si bonnes saucisses !

— Eh bien ! Jeannot, dit le boucher, par affection pour vous je consens à faire un échange et à vous donner le porc pour la vache.

— O l'heureuse chance pour moi! En vérité, vous êtes bien bon, dit Jeannot en détachant la vache, tandis que le boucher retirait le pourceau de la brouette et

Fier de sa nouvelle acquisition, Jeannot reprit sa marche.
(P. 37)

le remettait à Jeannot, qui l'attacha
avec sa corde.

Fier de sa nouvelle acquisition,
Jeannot reprit sa marche en s'é-
merveillant d'une suite de chances si heureuses. Comme il se re-
paissait de ces agréables pensées,
il rencontra un jeune garçon qui
portait une oie toute blanche sous
son bras. Ils se souhaitèrent mu-
tuellement le bonjour; puis Jeannot se mit à raconter ses heureuses
aventures et les excellents marchés
qu'il avait successivement conclus.

Le jeune homme lui dit à son tour qu'il portait l'oie à un dîner de baptême.

Soulevez-la un peu, continua-t-il, voyez comme elle est pesante ! Voilà huit semaines qu'on l'engraisse. Celui qui mangera cette oie, quand elle sera rôtie, ne manquera pas de jus pour l'humecter.

— Oui, dit Jeannot, elle est à point pour être mangée ; mais mon misérable pourceau est encore trop jeune et trop maigre ; il ne pourra être tué de longtemps.

Soulevez-la un peu, voyez comme elle est pesante. (P. 38.)

Tandis qu'il prononçait ces mots, son compagnon regardait autour de lui d'un air inquiet, et hochait fréquemment la tête.

— C'est votre pourceau qui me préoccupe, dit-il enfin. Je viens de traverser un village où l'on avait volé le porc du maire, et je crains que ce ne soit celui-là même que vous conduisez. On cherche de toutes parts le voleur, et vous seriez dans un mauvais cas si l'on vous trouvait emmenant l'animal dérobé : le moins qui pourrait vous arriver ce serait d'être renfermé dans un cachot.

Le pauvre Jeannot devint tout inquiet.

— Pour Dieu, s'écria-t-il, aidez-moi à sortir de ce danger! Vous connaissez mieux que moi la contrée où nous nous trouvons; vous pourrez plus facilement vous sauver : prenez le porc, donnez-moi votre oie !

— Je sais que je m'expose beaucoup en faisant cela, répondit le jeune garçon ; mais je me croirais

Jeannot mit l'oie sous son bras gauche et poursuivit son
chemin. (P. 45.)

coupable en vous laissant exposé à un si grand malheur.

Il prit aussitôt la corde que lui tendait Jeannot, et disparut avec le porc dans un chemin de traverse. Jeannot mit l'oie sous son bras gauche et poursuivit joyeusement son chemin.

— Voilà une heureuse chance, se dit-il ; voilà un échange avantageux. Non-seulement j'échappe à un grand péril, mais mon oie me donnera d'abord un bon rôti, puis une grande quantité de graisse qui me suffira pour étendre sur mon pain au moins pendant trois mois; et de ses belles plumes blanches je me ferai un oreiller sur lequel je n'attendrai pas longtemps le sommeil. Que ma mère va être joyeuse quand je lui apporterai le fruit de sept ans de services!

Comme il traversait un village situé sur la route, il passa près d'un gagne-petit qui s'était arrêté près d'une maison avec sa charrette et sa meule, et qui chantait à haute voix :

J'aiguise des ciseaux, je le fais promptement,
Je travaille, je chante et suis toujours content.

Jeannel s'arrêta pour le regarder, et bientôt la conversation
s'engagea (P. 49)

Jeannot s'arrêta pour le regarder, et bientôt la conversation s'engagea.

— Vous devez faire de bons profits, puisque vous chantez si joyeusement, lui dit Jeannot d'un ton fort sérieux.

— Oui, répondit le gagne-petit, mon travail est une mine d'or inépuisable. A quelque moment de sa vie qu'un aiguiseur mette la main dans sa poche, il est sûr d'y trouver de l'argent. De qui avez-vous acheté cette belle oie?

4

— Je ne l'ai point achetée, je l'ai échangée pour un jeune porc.

— Et le porc?. reprit le gagne-petit.

— Je l'avais échangé pour une vache.

— Et la vache?

— Elle m'avait été donnée en échange d'un cheval.

— Et le cheval?

— Pour le cheval, j'ai donné un lingot d'argent pesant quinze li-vres.

Jeannot prit la seconde pierre et se remit en marche (P. 57.)

— Et l'argent?

— C'était le montant de mes gages pour sept années de services.

— Puisque vous savez si bien vous tirer d'affaire, dit le gagne-petit, je vais vous enseigner un moyen certain de trouver de l'argent dans votre bourse chaque fois que vous le désirerez, et d'assurer ainsi votre bonheur.

— Que dois-je faire pour cela?

— Vous devez vous faire gagne-petit comme moi. Pour tout fonds d'industrie, vous n'avez besoin que d'une pierre à éguiser; le reste viendra de soi-même. J'en ai une qui est bien un peu endommagée; mais aussi vous l'aurez pour rien, seulement vous me donnerez votre oie en échange. Acceptez-vous le marché?

— Pouvez-vous en douter? s'écria Jeannot. Avec cette pierre je serai l'homme le plus heureux du monde, puisque je trouverai de l'argent dans ma bourse toutes les fois que j'en voudrai. De quoi aurai-je encore à m'inquiéter?

Il se traîna jusqu'à une fontaine, près de laquelle il s'assit.
(P. 58.)

Là-dessus il lui donna l'oie et prit la vieille pierre à aiguiser.

— Je vous conseille encore, dit le gagne-petit en regardant un gros caillou qui se trouvait près de lui sur le chemin ; je vous conseille de prendre cette bonne et solide pierre, pour vous servir d'enclume lorsque vous aurez quelque lame tordue à redresser. Vous pouvez l'emporter avec l'autre.

Jeannot prit la seconde pierre, et se remit en marche le cœur satisfait, les yeux brillants de joie.

— Je suis vraiment né sous une heureuse étoile! s'écria-t-il; ô la bonne chance! la bonne chance!

Bientôt, cependant, comme il était sur pied depuis le matin, il se sentit très fatigué. Peu à peu sa lassitude devint telle qu'il ne pouvait plus avancer; il se voyait à tout moment forcé de s'asseoir. Ne devait-il pas naturellement penser qu'il marcherait plus facilement s'il n'était point chargé de ces deux pierres?... Il se traîna jusqu'à une fontaine, près de laquelle il s'assit

Il fit un mouvement mal calculé et heurta les deux pierres, qui
tombèrent dans la source. (P 61.)

pour se reposer et se désaltérer, en ayant bien soin de placer ses pierres sur la margelle. Comme il se baissait pour boire, il fit un mouvement mal calculé et heurta les deux pierres, qui tombèrent dans la source.

Jeannot, en les voyant disparaître, tressaillit de joie, et s'agenouilla pour remercier la Providence de l'avoir délivré d'un si lourd fardeau. — Ma foi, voilà une bonne chance! Il n'est pas sous le ciel un homme plus heureux que moi, se

Jeannot, en les voyant disparaître, tressaillit de joie. (P. 61.)